Pierre Milliez

Le petit d'homme

Conte poétique et philosophique

Dessin de couverture d'Yvonne aimée de Jésus

Du même auteur aux éditions Books on Demand

Témoignage
J'ai expérimenté Dieu

Études
La Résurrection au risque de la Science
ou étude scientifique de la résurrection de Jésus
à partir de la Bible et des 5 linges

Jésus au fil des jours I/III de la promesse à l'an 27
Jésus au fil des jours II/III de l'an 28 à juin 29
Jésus au fil des jours III/III de juin 29 à l'an 30

Pièces à conviction du Messie d'Israël
ou étude des reliques de Jésus

La somme existentielle, I/III Le mystère de Dieu
La somme existentielle, II/III Le mystère de l'homme
La somme existentielle, III/III La divinisation de l'homme

Conte poétique et philosophique
Le petit d'homme
L'élu

Roman
Le signe de Dieu

Recueil poétique
Aux trois amours

© 2020, Pierre Milliez
Éditeur : BoD – Books on Demand,
12/14 rond-point des Champs Élysées, 75008 Paris
Impression : BoD – Books on Demand, Allemagne

ISBN : 9782322201686
Dépôt légal : Janvier 2020

Aux enfants,
à ceux qui sont restés comme des enfants,
et à ceux qui veulent redevenir des enfants

« Enfant Jésus, roi d'amour,
j'ai confiance en votre miséricordieuse bonté. »

adapté de Mère Yvonne aimée de Jésus

J'aurai pu écrire ce livre pour les grandes personnes, mais les grandes personnes ne peuvent le comprendre. Pour comprendre, il faut d'abord s'intéresser au cœur.

Et les grandes personnes ne s'intéressent qu'aux sujets de grandes personnes. Tous ces sujets vains et superficiels : la politique et le pouvoir, l'argent et le confort, le foot pour certains et le bridge pour d'autres.

J'ai été moi aussi une grande personne. Et j'ai dû m'occuper des sujets de grandes personnes, même si ces sujets ne m'intéressaient pas. J'ai eu des contacts avec des gens sérieux, très sérieux, trop sérieux. J'ai fait des rencontres avec des gens importants, très importants, trop importants.

J'ai vu les grandes personnes de près, de très près, en me voyant moi-même…

Les grandes personnes ont quitté leur enfance, et en quittant leur enfance elles ont quitté leur présence. Elles sont devenues étrangères à elles-mêmes, et étrangères aux autres.

Les grandes personnes ne comprennent d'ailleurs jamais rien toutes seules. Il faut toujours tout leur expliquer. C'est fatigant, pour les enfants, de devoir toujours leur donner des explications, d'autant que les adultes ne les prennent pas au sérieux. C'est fatigant, pour les poètes, de chercher toujours des images pour se faire comprendre, d'autant que les adultes les considèrent comme inutiles.

Puis j'ai pensé : je vais écrire ce livre pour les enfants qui peuvent comprendre. Ils pourront essayer d'enseigner leurs parents avec leurs mots. Mais les adultes pourront-ils comprendre les mots d'enfants ?

Heureusement toutes les grandes personnes ont d'abord été des enfants jusqu'à un âge plus ou moins avancé. Peu s'en souviennent, mais la question d'un petit, le sourire ou le pleur d'un enfant peuvent les ramener à l'enfance. Car la plupart des grandes personnes ont gardé quelque part, souvent très enfoui au fond d'elles-mêmes, une partie de leur âme d'enfant.

Alors j'écris ce livre, d'abord pour les enfants, puis pour les adultes qui sont restés des enfants, et enfin pour ceux qui veulent redevenir des enfants.

****

SOMMAIRE

Quête	11
Rencontre	15
1 Attente absente – Néant – Temps	19
2 Attente vaine – Minéral - Liberté	27
3 Attente fausse – Végétal - Être	33
4 Attente changement, Animal - Devenir	41
Bilan étapes 1, 2, 3, 4 - Espérance	49
5 : Connaissance- Homme - Vérité	51
6 : Compréhension – Renaissance - Beauté	57
Bilan étapes 5 et 6 : Foi	63
7 : Relation – Transfiguration - Amour	65
Bilan des sept étapes : Charité	71
Adieu et à Dieu	81

Quête

Un jour, disposant de moi, je me suis assis au bord du fleuve du temps. Je regardais l'écoulement du temps. Puis, je me suis retourné vers l'amont, pour observer l'origine de ce cours qui m'avait entrainé malgré moi si loin. Je remontais ainsi le temps dans mon passé. Je me rappelais avoir été un enfant, et d'ailleurs quelques souvenirs m'en revenaient…

J'ai été un enfant. J'ai été un enfant avec toute la sagesse de l'enfant. Le souvenir m'en est voilé car mes parents m'ont poussé à devenir une grande personne. La société a applaudi en me voyant devenir un jeune homme.

En grandissant, je me suis forgé une carapace pour protéger mon cœur d'enfant face aux difficultés de la vie. J'ai quitté l'insouciance et l'innocence de l'enfance progressivement. D'épreuve en épreuve, et de carapace en carapace, mon moi éternel s'est enseveli sous des armures protectrices.

Il fallait bien travailler en classe, bien s'orienter, puis faire des études pour s'intégrer dans le monde du travail et de la société.
Il fallait choisir un métier qui permet de trouver un emploi et de gagner sa vie.
C'est ainsi que je suis devenu ingénieur. Je suis entré dans une grande entreprise. Je me suis investi dans le travail pour gravir les échelons.

Il fallait fonder un foyer. Je me suis marié. J'ai eu cinq enfants. Là est toute la poésie de ma vie d'adulte : le chant de l'amour pour ma femme et mes enfants. C'est peu, et c'est déjà beaucoup. C'est peu, car ce chant était fait de notes discordantes. C'est beaucoup, car seul ce chant a pu m'aider à vivre.

C'est ainsi que j'ai vécu une vie de grande personne.
J'ai été une grande personne longtemps, très longtemps, trop longtemps.

J'aurais voulu ne pas me préoccuper d'argent, ni m'encombrer de biens matériels.
J'aurais voulu cultiver mon jardin et me nourrir de mes récoltes.
J'aurais voulu travailler dans les forêts, au milieu du bruissement des feuilles et du chant des oiseaux.
J'aurais voulu vivre dans la nature et vivre de la nature.
Moi, j'aurais aimé être poète, chanter la vie et ce qui vit au fond de moi.
Mais j'ai fait ce que l'on attendait de moi…

Puis nos enfants ont grandi. Ils sont devenus autonomes. Ils sont partis progressivement de notre foyer pour fonder leur propre foyer. Notre foyer est passé de sept personnes à deux personnes en peu d'années. Mes enfants n'avaient plus besoin de moi au jour le jour.

Puis l'heure de la retraite a sonné. L'heure attendue du rêve qui peut se faire cauchemar. Oui, dans le monde du travail je me suis cru utile. J'ai pensé avoir quelque importance en dirigeant du personnel ou en ayant des responsabilités nationales. Mais « vanité des vanités tout n'est que vanité » disait l'Ecclésiaste. Mon entreprise n'avait plus besoin de moi...

Quel sens devais-je donner à ma vie dorénavant ? Du jour au lendemain tout ce qui m'imposait de jouer un personnage disparaissait. Tout ce qui m'imposait de demeurer une grande personne sortait de mon horizon.

J'ai couru après le temps tout au long de ma vie de grande personne. Dorénavant le temps était là. Mais qu'est-ce que le temps ? Que faire de cet objet encombrant ?

Avec le temps venait la liberté. Mais qu'est-ce que la liberté ? Que faire de cette responsabilité ?

Alors j'ai senti le besoin de m'évader de mon moi présent pour tenter de retrouver mon moi historique.

Je suis parti, voyageur immobile, marchant sur les routes, en quête de mon moi éternel. J'ai marché le long du fleuve du temps remontant son cours.

J'ai marché, marché, brûlant mon énergie par monts et par vaux, sur les chemins de France.

J'ai erré dans les campagnes et les villes, dans les plaines et les collines, dans les déserts et les forêts, jour après jour, mû par ma quête inlassable.

J'ai rencontré de nombreux frères humains à la destinée à la fois banale et sublime. Une destinée est le plus souvent banale et morose. Mais une destinée devient sublime si elle amène la métamorphose d'un être vers son devenir.

Mes frères étaient tous ces êtres qui cheminaient, dans le temps, vers leur accomplissement.

****

Rencontre

J'ai marché de semaine en semaine sur les routes de France.

Mais un jour vînt. Un jour différent des autres jours, car ce jour-là, je l'ai rencontré.

Il n'avait pas atteint l'âge de raison, mais je me rendis vite compte qu'il était la sagesse incarné. Il écoutait beaucoup, parlait peu.

Lorsqu'il s'exprimait c'était souvent en paraboles. Quand il ne parlait pas en image, il posait des questions. Souvent ses questions n'attendaient pas de réponse. Je me rendis compte, bien après son départ, que ses questions m'avaient changées…

***

La veille, j'avais fait un long chemin et le soir un paysan m'avait proposé de m'étendre dans son foin au beau milieu d'une grange. Je m'endormis dans la douce chaleur de ce nid douillé.

Le lendemain, je m'éveillais à la lumière naissante qui me caressait le visage.

C'est alors que je l'aperçus dans l'encadrement de la porte. J'ai eu d'abord du mal à le voir car il émergeait du halo de lumière qui montait de l'horizon. Il était lumière dans la lumière.

Mais s'apercevant de mon éveil, il s'avançait vers moi. Il m'observait sans parler.

Je crus d'abord qu'il pouvait avoir 4 à 5 ans et je m'inquiétais un peu de le voir là :
- Où sont tes parents ?

Il me répondit posément avec une nostalgie dans la voix :
- Mes parents ne sont pas de ce monde.

Je compris vite qu'il avait une maturité bien supérieure à son âge.

Son regard me dévisagea :
- Il y a longtemps petit bonhomme que tu es là ?
- Il y a un certain temps, je t'observe dans ton sommeil.

Je compris qu'il m'avait pénétré jusque dans mes rêves mais il ne me laissa pas à mes pensées.
- Pourquoi dors-tu si longtemps ?
- Je suis fatigué.
- De quoi es-tu fatigué ?
- De la vie peut-être.
- Pourquoi es-tu fatigué ?

Cette question me désarçonna et me laissa muet.

Ne voulant pas me révéler, je me levai précipitamment et m'habillais.

Mais le petit d'homme ne perdait jamais pied et poursuivit sa réflexion.
- Que vas-tu faire aujourd'hui ?
- Ce jour je vais poursuivre ma route ?
- Où vas-tu ?
- Je vais où mes pas me mènent.
- Pourquoi marches-tu ?
- Je marche pour trouver quelque chose.

- Que cherches-tu ?
- Je ne sais pas vraiment.
- Ne marches-tu pas pour te trouver toi-même ?

Je me rendis compte alors que certaines de ses questions étaient des réponses à mes propres questions.

Il me dit alors :
- Je vais t'accompagner.
- Mais tu n'es pas libre.
- Je suis libre comme le vent. Je suis même la Liberté.

Il disait parfois des mots incompréhensibles, mais je ne relevais pas, pour ne pas rompre le charme.
- Mais tes parents ?

La question m'avait échappé et je m'en voulais. J'avais peur de le blesser car je me souvenais de sa réponse. Mais il me répéta posément :
- Mes parents ne sont pas de ce monde.
- Mais quelqu'un va s'inquiéter de ton absence ?
- Je suis seul.

Une grande tristesse m'envahit alors à l'écoute de ces trois mots. Je me retins de pleurer. Ce petit bonhomme était si tendre, si touchant, si innocent.

Je lui dis alors :
- Si tu veux, tu ne seras plus jamais seul.

Un énorme sourire éclata sur son visage comme une fleur qui s'épanouit. Je le regardais depuis quelques secondes, lorsqu'un nuage de tristesse voila soudain sa face ensoleillée.

Me voyant interrogatif il me dit :
- Ils disent tous cela. Mais un jour un puissant attrait les détourne de moi. Je me trouve alors plus seul que jamais car j'avais goûté une rencontre….

Je me tus alors quelques instants, car je connaissais la faiblesse humaine. Il me suffisait de me regarder…

Mais je voulais chasser toute morosité sur son visage innocent.
Je lui dis alors en sortant de la grange :
- Tu viens petit d'homme.
Il me suivit et je savais que nous allions cheminer ensemble pendant de nombreux jours.

****

1 Attente absente – Néant – Temps

Nous marchons ensemble, côte à côte, de nombreuses heures. Nous écoutons les bruits émergés de l'harmonie de la nature. Quittant l'agitation de mes pensées, je finis par lui dire :
- N'es-tu pas fatigué ?
- Et toi ?
- Bien sûr que je commence à être fatigué. Toi, tu ne parais pas fatigué, comment fais-tu ?

Il ne me répondit pas mais en me prenant la main il m'adressa la parole :
- Ferme les yeux, je t'emmène sur la **planète sans attente**.

Je ferme les yeux sans comprendre. Je fais trois pas avec lui et il me dit :
- Ouvre les yeux maintenant.

C'est alors que je me retrouve en plein milieu d'un village sur une place baignée du soleil printanier.

Je suis complètement abasourdi. Ai-je voyagé sans m'en rendre compte ? Je regarde ma montre, le temps ne s'est pas écoulé. L'espace s'est modifié mais pas le temps. Je me dis, soit j'étais immobile et le décor a changé, soit je me suis déplacé instantanément. Les deux solutions semblent aussi irrationnelles l'une que l'autre. A moins que je sois en train de rêver sans m'en rendre compte…

J'ai envie de lui poser des questions, mais je me tais, car tout semble simple et naturel avec lui…

Sur la place du village, au bord de la méditerranée, des anciens jouent à la pétanque.

Deux retraités sont assis sur un banc face à la mer, le regard vague. Ils regardent la partie qui se joue, sans voir…

Je me dirige vers eux avec mon petit d'homme. Mon intervention les sort de leur mélancolie :
- Vous permettez que je m'installe ?
- Bien sûr, il y a de la place pour tous.

Ils semblent contents de nous voir et je leur demande :
- Vous ne jouez pas à la pétanque ?
- Nous attendons notre tour.
- Vous êtes retraités je suppose.
- Oui toute notre vie de travail nous avons attendu la retraite et maintenant nous y sommes.
- Et vous profitez de votre retraite…
- Nous avons le **temps**. Nous faisons ce que nous voulons, quand nous le voulons. Nous ne nous posons pas de questions, nous vivons.
- Que faites-vous ?
- Tous les matins, nous faisons notre partie de pétanque. Après nous prenons tous ensemble un pastis en bord de mer.
- Et ensuite ?
- Après le repas, dans notre pays la chaleur nous incite à rester cloîtré et à faire la sieste.
- Et après ?
- Après, nous bricolons un peu ou lisons les nouvelles. Après, on est vite au soir avec les informations à la télévision.
- Vous vivez ainsi les événements du monde…

Le petit bonhomme n'a rien dit mais il regarde chacun attentivement. Il me dit tout bas à l'oreille : « vivre les événements des autres, est-ce vivre ? Vivre par procuration, est-ce vivre ? »

Puis il s'adresse d'une voix forte aux deux retraités :
- Quel est votre attente ?

L'autre retraité, qui s'est tu jusqu'à présent, intervient :
- Nous n'avons pas d'attente. Nous avons suffisamment attendu toute notre vie de travail le temps de notre retraite.

Le premier retraité ajoute :
- Nous profitons de la vie. Pourquoi se poser des questions ?

Le petit d'homme dit alors, comme se parlant à lui-même, mélancolique :
- Oui, pourquoi se poser des questions ?

Je me lève, suivi du petit d'homme, en disant :
- Nous vous remercions de votre accueil. Nous vous souhaitons une bonne journée.

Les retraités et le petit d'homme disent de concert : « Bonne journée ! ».

***

Je pense à ces retraités que nous venons de rencontrer. Leur vie est sans problème, apparemment du moins. Elle s'écoule jour après jour, sur le même modèle. Leur vie est sans relief. Elle montre un mouvement du corps mais pas de l'esprit. Je pense à eux, comme à des âmes mortes.

Nous marchons alors en silence, quittant le village. Nous montons dans l'arrière-pays. Nous quittons le moutonnement des dunes pour les vagues collines. Nous passons d'un environnement de sable à un milieu de rocaille.

C'est alors que je prends conscience de mon malaise. Je suis déstabilisé. Il y a une anomalie. En fait, il n'y a pas de paysage, c'est un désert. L'environnement est lunaire. Il n'y a aucune trace de vie. Je ne vois aucune herbe, aucun arbre. Je n'entends aucun insecte, aucun oiseau. C'est un lieu vide de toute vie.

Le petit d'homme me sort de mes réflexions :
- Regarde autour de toi !
- Quelle tristesse cette nature minérale sans vie !
- Imagine maintenant l'absence de tout ce que tu vois.
- Tu veux me faire penser le **néant ?**
- Tu ne peux penser le néant.
- Comment cela ?
- Pour penser le néant absolu, il faut supprimer l'univers, l'être de Dieu et le moi qui pense à conceptualiser le néant. Cette opération est impossible même par la pensée. Nous ne pouvons, par la pensée, supprimer tous êtres, et donc nous ne pensons jamais le néant.
- Tant mieux car ce serait désespérant de penser le vide de tout !
- Dieu est l'Être et la Vie. Le néant, c'est l'abîme de l'absence de Dieu.

Il me laisse à mes réflexions.

Au bout d'un bon quart d'heure, voyant le petit d'homme mélancolique, je lui dis :
- Tu es bien morose depuis que nous avons repris la marche.

Il se tut quelques secondes et daigna me répondre :
- Qu'il est triste de voir des retraités sans attente à force d'avoir attendu une illusion.
- Ils ont la pétanque, le pastis, la télévision et ne se posent pas de questions.
- Sont-ils heureux ?
- Sont-ils malheureux ?
- Qu'il est triste de voir des vieux sans espérance.
- Mais si cela leur convient.
- Tu le crois vraiment ?

Les mots sont inutiles car le petit d'homme semble lire dans mes pensées.

Je me tais donc et nous continuons notre cheminement.

Tandis que nous avançons dans la campagne vallonnée, le petit d'homme reprend :
- Qu'il est triste de voir des retraités sans espérance.
- Tu es bien sombre mon petit d'homme.
- Si tu savais comme mon cœur pleure en voyant ces personnes que nous rencontrons.
- Mais il ne te connaisse pas, sinon ils t'aimeraient et leur amour te ferait chaud au cœur…

***

Je sens alors que le petit d'homme peut m'en apprendre bien davantage. J'ai remarqué sa sagesse tout à fait anormale pour son âge, aussi je lui demande :
- Les retraités vivent dans l'espace délimité par leur village mais ils ont le **temps** ?
- L'espace et le temps ne sont pas comparables. Tu peux voyager dans l'espace, tu ne peux voyager dans le temps. Le passé est inscrit dans la mémoire des temps et ne peut être modifié. Le futur est un champ des possibles pour le présent.
- Qu'est-ce que le temps présent ?
- Tu vis le présent. Il est comme une fenêtre qui nous permet de voir le monde. Nos choix permettent de passer des futurs possibles au présent réel, du présent réel au passé réalisé.
- Qu'est-ce que le temps ?
- Le temps est jaillissement incessant de nouveautés imprévisibles. L'existence du temps montre que les choses sont indéterminées et que notre liberté est de les déterminer. Le temps permet le changement.

Je ne suis pas déçu par l'élévation de sa pensée. J'aurai dû m'étonner davantage mais tout semble si simple avec lui. Je poursuis avec les questions qui me taraudent :
- D'où vient le temps ?
- Il y a fort longtemps, les anges de Dieu ont eu une connaissance suffisante pour

faire un choix définitif. Ils sont alors devenus, immuables et éternels, sans changement d'état de conscience. Certains sont restés avec Dieu, d'autres l'ont quitté.
- Et pour l'homme ?
- L'homme a voulu exister par lui-même sans son Créateur. Mais Dieu n'a pas voulu le perdre immédiatement et définitivement comme il a perdu certains de ses anges. À cause de son Amour pour l'homme, Dieu ne veut pas le condamner pour l'éternité. Il ne veut pas que l'homme devienne immuable dans son péché. Alors Dieu invente le temps, une période d'éducation et de choix multiples et libres, mais limités dans la durée d'une vie. Le temps permet une évolution de l'homme.
- La chute qui découle du péché explique-t-elle notre univers et la condition humaine ?
- Après la chute due au péché, Dieu transfère le premier homme et la première femme, du jardin d'Éden vers l'univers physico-biologique que nous connaissons. Désormais l'homme vivra dans un monde partagé entre le bien et le mal, la vie et la mort. Désormais l'homme vivra une successivité d'instants, s'excluant les uns les autres, avec une connaissance limitée. La connaissance de l'homme sera progressive et éducative.
- A quoi sert le temps ?

- **Le temps permet que toute la connaissance ne soit pas donnée d'un coup**. Le temps permet une connaissance progressive. Le temps permet à l'homme, à chaque instant, de choisir un présent déterminé parmi les futurs possibles. Le temps est éducatif. Le temps est un cadeau fait par Dieu à l'homme.
- Qu'apporte le temps ?
- **Le temps permet la connaissance progressive de la Vérité.**

Devant l'intensité de ces révélations je me tais pour essayer d'en comprendre au moins une partie.

****

2 Attente vaine – Minéral - Liberté

Le lendemain nous marchons sur un chemin au milieu de prairies. Il me prend la main en disant :
- Ferme les yeux, je t'emmène sur la planète des **attentes vaines**.

Je ferme les yeux, confiant dans le petit d'homme.

Lorsque je les ouvre, nous sommes dans la zone industrielle d'une petite ville.

Je me demande si le petit d'homme peut à volonté se déplacer dans l'espace ou changer le décor. Naturellement je ne dis mot.

Un homme se tient devant une usine de savonnerie assis à même le sol. En approchant nous nous apercevons qu'il a la cinquantaine. Il mange la tête dans une gamelle.
- Que faites-vous ?
- Vous le voyez non ? Je profite de la pose pour manger.

Je prends son agressivité pour de la fatigue liée au travail et je m'efforce de parler avec bienveillance :
- Excusez-moi, je voulais parler de vos activités au travail.
- Je travaille à la chaîne. Actuellement, je ferme les boîtes en carton de lessive avec un couvercle en plastique.
- Quels sont vos horaires ?
- Mes horaires varient toutes les semaines 6h00- 14h00, ou 14h00-22h00, ou 22h00-6h00.

- Vous travaillez la nuit ?
- Oui, la chaîne de production ne doit jamais s'arrêter. Nous y sommes soumis. Nous avons juste par poste, à tour de rôle, deux poses de 15 minutes. Je profite de la deuxième pose pour déjeuner.
- C'est un travail fatigant que vous avez.
- Oui, nous sommes obligés de suivre le rythme de la chaîne. Parfois je n'arrive pas à mettre le couvercle car le baril en carton s'est ovalisé.
- Que faites-vous alors ?
- Je mets le baril sur le côté avec quelques autres qui suivent. Je poursuis alors mon travail au rythme de la machine. Je profite du début de ma pose pour m'occuper des barils retirés du tapis roulant. Je mets leur couvercle et les remets sur le tapis.
- Comment vivez-vous ce travail ?
- C'est un travail abrutissant. Pour réussir il ne faut pas y penser. Il faut faire sans se poser de questions, devenir un rouage assujetti à l'outil de production.
- Vous ne pouvez-pas faire autre chose ?
- Je n'ai pas pu faire d'études, alors il ne faut pas faire le difficile. Il me reste une dizaine d'années à faire, puis ce sera enfin la retraite et la liberté.

Une sonnerie stridente se fait entendre. Le travailleur se lève rapidement en nous disant :
- La courte pose est finie, il me faut reprendre mon poste.
- Bonne journée.
- Oui, bonne journée.

Je me tais alors, saisi par l'ineptie de mes paroles. Comment la journée peut être bonne quand on devient un rouage d'une chaîne de production ?

Il nous quitte précipitamment, happé par l'usine.

***

Le petit d'homme me regarde en disant :
- Quel sens a un travail où il n'y a ni création ni amour ?
- Pauvre homme, Il est désabusé du monde !
- Sa vie n'est pas drôle.
- Il est déjà vieux avant que d'avoir vécu.
- Il attend la retraite comme le Messie.
- Il risque d'être déçu.
- Oui, mais connais-tu sa vie aujourd'hui ?

Je me risque alors, ayant moi-même travaillé à la chaîne au cours de mes études :
- Il est complètement abruti par son travail, et le soir, il s'abrutit encore, mais devant la télévision cette fois.

Je sens le petit d'homme épris de compassion. Il dit sa pensée comme pour le monde :
- Le créateur a fait l'homme libre. Mais en se faisant esclave de l'argent les hommes rendent leurs frères esclaves. Malheur à celui qui entrave la liberté des enfants de Dieu.

Je réplique alors :
- Au moment de la retraite il sera du moins libre.
- Le pauvre, il attend la retraite, il ne sait pas ce qui l'attend.

- Du moins, il sera libre, il fera ce qu'il veut.
- Il se croira libre, mais le sera-t-il vraiment ? Qu'est-ce que la liberté ?

Je me tais, ne sachant que répondre. Le sujet est trop vaste, trop ardu pour que je m'y aventure.

Tandis que nous cheminons dans la campagne vallonnée, le petit d'homme me dit :
- Regarde ces rochers du règne **minéral**.
- Ils sont magnifiques, tous de formes différentes et riches de couleurs nuancés entre ombre et lumière. Mais ils sont immobiles au milieu de l'environnement qu'ils subissent.
- Et nos travailleurs ne sont-ils pas psychologiquement immobiles ?
- Le système leur enlève toute créativité.
- La vie n'est-elle pas le mouvement et le changement ?
- Nos travailleurs ne pensent pas. Qu'il est triste de voir des vieux travailleurs dont la seule espérance est d'attendre la retraite.
- Ne savent-ils pas qu'ils participent au plan de la vie qui les dépasse ? Ne savent-ils pas qu'ils sont chacun unique ?
- Tu es bien triste mon petit d'homme.
- Si tu savais comme mon cœur pleure quand je pense aux personnes qui se perdent.

Il se tait alors et j'ai l'impression qu'il porte le poids de l'humanité…

***

Je me rappelle que le petit d'homme m'a dit « Je suis la **liberté** » lors de notre première rencontre, aussi, je n'hésite pas à lui demander :
- L'homme peut-il être libre malgré son accaparement par son travail, la recherche du gîte et du couvert ?
- Par son intelligence, l'homme se dégage du temps « libre » en réduisant la durée nécessaire aux fonctions de survie. L'homme peut anticiper pour prévoir ses besoins futurs pour sa survie. L'homme se libère ainsi de nombreuses contraintes du présent.
- L'évolution est-elle le fruit du hasard ou a-t-elle un sens caché qui la dirige vers une fin ?
- Une cause détermine un mouvement en concevant une fin. Et se proposer une fin c'est reconnaître l'absence de la dictature du hasard. De proposer une fin, ou un vouloir et signifiant d'une conscience, d'un moi, d'une liberté qu'on appelle une personnalité, une individualité, un homme. L'étude du moi conduit à en reconnaître le trait essentiel, la liberté. La liberté donne la responsabilité de son destin à l'homme. Il est donc dans la nature de l'homme d'être libre.
- Qui est libre ?
- Pour qu'il y ait choix, il faut qu'il y ait liberté. Le seul être libre, totalement libre est Dieu. Les anges, êtres spirituels hors Dieu, ont fait un choix en une seule fois.

Ils ont eu une connaissance suffisante pour poser leur choix une fois pour toutes.
- Les hommes sont-ils libres ?
- Hors Dieu, les seuls êtres libres au moins partiellement sont les hommes. Dieu donne cette liberté aux hommes progressivement dans le déroulé du temps de leur vie. Les hommes ont des choix multiples et successifs à faire. En cela Dieu est un Père, un éducateur. Cette succession de choix dans le temps permet à l'homme de mesurer les conséquences de ses choix et donc d'ajuster ses choix ultérieurs. Dès lors les choix libres sont de la responsabilité de l'homme. Dieu donne à l'homme deux cadeaux, le temps et la liberté.
- Que permet le temps ?
- Le temps permet de connaître par la recherche de la vérité.
- Qu'apporte la Vérité ?
- La Vérité amène à la liberté car, **il n'y a pas de liberté sans vérité.**

Nous nous taisons sur ces mots incompréhensibles pour moi tandis que la terre se fait écoute.

****

3 Attente fausse – Végétal - Être

Un autre jour, nous marchons dans un monde vallonné au milieu des bosquets et des prairies. A force de côtes et de descentes, je commence à peiner à le suivre.

Il s'en aperçoit et place sa petite main chaude dans la mienne en disant :
- Ferme les yeux, je vais t'emmener sur la planète des **attentes fausses**.

Je ferme les yeux, m'attendant à tout. Lorsque je les ouvre nous sommes dans une grande ville.

Pour ce troisième « voyage » je suis toujours aussi impressionné, mais quand le mystère est trop grand, il faut se taire et le contempler.

Nous traversons la ville sans en voir la fin. Je me sens de plus en plus responsable du petit d'homme. Aussi de temps en temps je l'emmène au restaurant pour manger chaud et équilibré.

Je décide d'inviter mon petit d'homme dans un petit restaurant. La serveuse nous place sur une table de deux personnes à proximité d'une table ou un jeune cadre costume cravate prend son déjeuner.
- Bonjour, vous permettez que nous nous installation ?
- Naturellement.
- Nous avons beaucoup marché.
- C'est votre fils ou petit-fils.
- C'est un jeune ami qui fait un pèlerinage avec moi.
- Où allez-vous ?
- Où nous mènent nos pas.

Le petit d'homme qui écoutait jusqu'à présent fit entendre sa voix mélodieuse :
- Nous allons à la source de notre moi.

Ces quelques mots laissèrent notre cadre sans voix. J'en profitais pour le questionner afin de mieux le connaître et satisfaire ma curiosité :
- Vous travaillez dans une grande entreprise ?
- Je suis cadre depuis quelques années dans une grande entreprise du secteur de l'énergie.
- Comment vivez-vous ?
- Après mes études d'ingénieur où je pensais comme beaucoup changer le monde existant pour en faire un meilleur, je me suis rangé dans le système.
- Dans quel sens vous êtes vous rangé ?
- J'ai fondé une famille et je travaille pour une grande société.
- Quelle est votre projet ?
- Je gagne bien ma vie mais je souhaite progresser dans l'entreprise en fonction des opportunités. Ceci me permettra d'améliorer nos conditions de vie.
- J'en suis heureux pour vous.
- Merci.

Il termine son café et se lève en nous disant :
- Je vous souhaite une bonne route.
- Et nous vous souhaitons une bonne journée.

***

Après plusieurs heures de marche, nous arrivons sur la place d'Aubazine en Corrèze.

Le petit d'homme me dit en me montrant la route :
- Regarde ces touffes d'herbes qui percent l'asphalte pour répondre à l'appel du soleil. Observe la mousse qui écume de la pluie sur ces toits de maisons. Contemple cette fleur qui perle du clocher de l'abbaye comme une prière.
- C'est magnifique.
- Tu vois le spectacle de l'homme mettant la mort en bétonnant tout. Il donne l'impression de vouloir le triomphe du minéral. Mais **la vie végétale** est plus forte que la mort. La vie sourd de partout, telle une source.
- Oui.
- Mais la vie végétale n'est pas suffisante, elle est par trop encore immobile. Notre cadre est en mouvement pour posséder plus, mais il n'est pas en mouvement pour être plus.

Je commence à connaître mon petit d'homme aussi je lui demande :
- Que cherches-tu à me dire ?
- Tu vois tous ces travailleurs : leurs attentes est de posséder davantage. Mais à quoi bon posséder des choses mortes. Vous êtes la vie et vous devez rechercher la vie.
- C'est une erreur de vouloir toujours plus.
- C'est même un esclavage, un assujettissement de l'**être** à des choses.
- Oui
- En cherchant à avoir plus, vous ne vous rendez pas compte que vous êtes moins.

Le sens de la vie est de grandir en soi, de faire progresser les autres et ce faisant de s'accomplir soi-même.

Il m'emmène ensuite le long du petit canal des moines jusqu'à sa source qu'il partage avec un petit torrent à partir d'une cascade.
Je m'assieds sur une pierre et je l'écoute médusé déclamer :

*Les tréfonds d'une gorge où les versants se tachent
d'ombre et de lumière, de verdure et de nu, cachent
un oasis ; sous le bois que le soleil baigne :
un nid de rochers polis qu'une cascade saigne.*

*Né de la nuit des temps et de divine touche,
le vif Coiroux s'échappe de cette tendre couche,
s'élance impétueux, éclabousse quelques mousses,
et, aux yeux ébahis, se dérobe sous les pousses.*

*Enfanté par l'eau vive et la sueur des moines,
un petit canal quitte le céleste patrimoine,
piste le torrent puis, sur la falaise s'accroche,
follement suspendu par la pierre et la roche.*

*Plus bas, le fougueux bondit sur les cailloux, bruine,
longe un vieux monastère, ébranle ses quelques ruines,
vibre sous le charme discret d'un myosotis,
et se grise des frêles fougères que ses flancs tissent.*

*L'asservi, un mille hésite entre ciel et val,
s'échappe de son carcan, et le coteau dévale,
traverse l'abbaye, assure sa sauvegarde,
et termine dans le vivier sa course hagarde.*

Ainsi sont les poètes souvent fous, parfois sages,
ne sachant d'où ils viennent ni où ils vont, pélages
déchirés sans fin, de prostrations désinvoltes
en envolées mystiques, aux juvéniles révoltes.

Je reste ébahi, interdit. Qui est donc ce petit d'homme ?
Je lui demande :
- Que veux-tu me dire sur les poètes ?
- Les poètes sont partagés entre l'enfant et l'adulte. Ils ont gardé de l'enfant une sensibilité qui leur fait comprendre davantage que l'adulte la présence des êtres et des choses au-delà de leurs apparences. Ils sont heurtés dans leur sensibilité d'enfant par la réalité d'un monde d'adulte qui s'attache au superficiel.
- Quelle comparaison fais-tu entre le canal et le torrent ?
- La vie du poète est souvent déchirée entre le canal et le torrent.

Quelques secondes s'écoulent et il continue :
« Ainsi sont tes frères humains, nés dans le péché. Ils sont canalisés par leur instinct et leur chair vers les satisfactions d'en bas. Ils ont une vie sans relief et termineront leurs courses dans les eaux mortes.

Ainsi sont mes frères humains, nés de nouveau au souffle de l'Esprit de Dieu. Ils sont conduits par l'Esprit, et deviennent de Dieu et du prochain épris. Ils finiront dans les eaux vives de l'océan de son amour. »

***

Le petit d'homme est pour moi rempli de connaissance et limpide dans ses paroles. Aussi je lui demande :
- La vie est-elle un but ou un moyen ?
- La vie terrestre est un moyen. Elle est ordonnée à une fin qui est l'éternité.
- Qu'est-ce qu'**exister** pour l'homme ?
- L'existence pour l'homme se limite à une existence à l'instant présent, instant qui s'échappe et se renouvelle à chaque instant. L'existence se limite à un espace occupé à l'instant présent, espace qui se modifie à chaque seconde par suite du mouvement interne de la vie (métabolisme) et du mouvement externe de la vie (mobilité).
- Quel est la réalité de l'homme ?
- La réalité de l'homme est l'effort du Moi transcendantal pour prendre conscience du soi comme liberté. Pour ce faire l'homme s'oppose à lui-même une limite, un non-moi. L'homme appelle un autre moi que son moi propre, comme condition de sa propre conscience de son moi. Ce non-moi peut-il être un autre moi, ou doit-il être un sur moi, ou un Dieu ?
- Qu'est-ce que l'homme ?
- L'esprit humain de dimension métaphysique ne peut s'expliquer à partir du monde de dimension physique. L'esprit humain ne peut être sa propre origine. L'esprit humain s'enracine en un esprit personnel dont la liberté est infinie,

absolue, créatrice. Nous sommes créés pour la liberté par une liberté.
- Que permet la liberté ?
- La liberté permet de connaître par la recherche de la vérité, de comprendre par la recherche du beau, d'aimer par la recherche de la bonté.
- A quoi sert la liberté ?
- La liberté permet la conscience. La conscience permet l'existence. **Il n'y a pas d'être sans liberté.**
- Comment se définit une existence ?
- Chaque personne est focalisation de ses relations, et somme de ses choix libres.
- Qu'est-ce que l'être ?
- **L'Être, c'est je Suis. Ton Créateur est l'Étant par excellence, car il est celui qui Est.**

A ces mots toute la création se figea dans l'attente. Moi-même, ma pensée s'immobilisa avec ces mots : « **Il est celui qui Est.** »

****

4 Attente changement, Animal - Devenir

Le lendemain, avant de nous mettre en marche, je dis au petit d'homme :
- Pourquoi marcher ? donne-moi la main et emmène-moi sur ton chemin.
- La marche est nécessaire à ton équilibre d'être, car tu as un corps et ton esprit sera plus clair si tu t'es bien oxygéné.
- Mais n'est-ce pas du temps perdu ?
- Non, tu dois faire le chemin en partie toi-même, car tu es créé libre. Tu n'es pas un robot, mais un être créé d'origine à l'image de son Créateur. C'est ce qui te donne toute ta noblesse, et c'est pour cela aussi que je t'aime.
- Je t'aime aussi mon petit bonhomme.
- J'aime marcher avec toi. Nous sommes ensemble tous les deux. Nous nous regardons. Nous partageons. Avec le temps nous échangeons de notre être.

Nous marchons sur un chemin au milieu de prairies, lorsqu'il me prend la main en disant :
- Ferme les yeux, je vais t'emmener sur la planète des **attentes de changement**.

Je ferme les yeux, m'attendant à tout. Lorsque je les ouvre, nous sommes dans une grande ville.

En traversant cette ville universitaire nous décidons de nous arrêter dans un grand jardin public. Nous nous dirigeons vers un banc qui n'est occupé que par un jeune, laissant ainsi deux places libres.

C'est ainsi que je lui demande :
- Vous permettez ?
- Bien sûr, ce banc est à tous.

Je m'assois donc à côté du jeune laissant le fils d'homme à ma droite.

Le jeune, que je découvre être étudiant, continue :
- Le problème de la société c'est le capitalisme.
- Pourquoi ?
- Le capitalisme est l'exploitation du peuple par une minorité de nantis.
- Le capitalisme est la moins pire des solutions. Mais il faut un capitalisme contrôlé par un État fort.
- Il faut renverser les riches qui ont pris le pouvoir et assujetti le peuple.
- Vous voulez les remplacer par qui ?
- Je prône une société où chacun reçoit selon ses besoins et donne selon ses possibilités.
- C'est une belle idée mais irréalisable, l'homme étant l'homme avec toutes ses misères. Nous avons déjà testé cette idée à partir de 1917 en URSS. Elle a coûté cent millions de mort au monde selon les chercheurs.
- Oui, mais avec nous, ce sera différent.
- Ils ont tous dit cela mais au pouvoir ils sont devenus les pires tyrans. La vraie révolution ne consiste pas à changer la société, mais à changer l'homme.
- Mais nous pouvons prévoir dans notre nouvelle société de former les enfants sans les laisser à la perversion des parents.

- Notre expérience nous a montré que cette façon de faire à renforcer l'intolérance et les dictatures.

L'étudiant se lève en s'exclamant :
- Je dois vous laisser à vos utopies.

**

Le petit d'homme me dit :
- Ce jeune homme n'accepte pas le monde tel qu'il est. Il est révolté car il a au fond de son esprit l'idée de justice et il découvre un monde d'injustice.
- Il a au fond de son cœur un appel d'amour et il voit un monde de haine.
- Il est illusoire de vouloir changer le monde.
- Mais il veut détruire ce monde pour en construire un meilleur.
- Oui même avec une bonne intention d'origine, le révolutionnaire d'aujourd'hui devient le dictateur de demain.
- Sa démarche est généreuse de vouloir supprimer les privilèges pour une société plus juste.
- Certes, mais il ne fera que renverser les anciens privilégiés pour en mettre de nouveaux, dont il fera partie.

Je réagis promptement et sans doute sans mesure pour mon petit d'homme si délicat
- Alors il n'y a plus d'espoir ?
- Si mais au conflit des civilisations il faut substituer le conflit entre le bien et le mal à l'intérieur de chaque homme. La

transformation du monde commence par la transformation de chaque homme. Avant de changer le monde, il faut se changer soi-même. L'homme est le lieu d'un combat interne titanesque entre les forces du bien et les forces du mal.
- Que proposes-tu ?
- Mon désir est que le monde soit meilleur par l'instauration de la civilisation de l'amour.

Nous avons marché, marché. Nous avons quitté les routes des zones urbanisées pour prendre de petits chemins immergés dans la verdure d'une épaisse forêt.

Nous demeurons muets à l'écoute des bruits du silence.

Notre tympan vibre en harmonie avec les sons émergeants.

Un petit clapotis attire mon attention et je m'exclame :
- Entends-tu ce petit bruit d'eau ?
- Derrière la ligne de fougères à ta droite un petit cours d'eau s'écoule. Une truite nage à contre courant et attrape régulièrement des insectes.

Je sais qu'il voie au-delà des apparences, nul n'est besoin de vérifier.

Peu après, un bruissement se fait entendre près de nous me faisant sursauter. Il me rassure :
- Ne t'inquiète pas, nous avons effrayé une jeune biche et son faon.

C'est alors qu'une multitude d'oiseaux différents entonnent le chant de la joie pour saluer les premiers rayons de soleil perçants les nuages.

Le petit d'homme me dit :
- Écoute les oiseaux, ils chantent la louange de leur créateur.
- Ils ne s'en font pas.
- Les oiseaux ne sèment ni ne moissonnent, le créateur pourvoit à leur besoin. Il en est de même pour tous les animaux.
- Oui.
- Regarde tous les **animaux**, ils ne cherchent pas à changer l'environnement. Si l'environnement ne leur convient pas, ils se déplacent vers de meilleurs cieux. Selon les saisons, certains se lancent dans des migrations pour trouver des lieux adaptés à leur besoin.
- Oui
- Pourquoi l'homme n'imite-t-il pas la nature ? Pourquoi cherche-t-il à changer le monde ?
- Il change le monde pour l'adapter à sa nature.
- Non, il change le monde pour le soumettre à son profit égoïste.
- Il faut bien trouver le gîte et le couvert.
- Même au détriment des autres ?
- Non, bien sûr.
- Pourquoi entretenir les soucis en amassant aujourd'hui ce qui sera pourri demain ? Pourquoi amasser pour demain ce qui peut servir à ton frère aujourd'hui ?
- Oui, c'est vrai.
- Le maître des moissons pourvoira à vos besoins en tout temps.

Il me dit encore :

- Pourquoi l'homme se limite-t-il à l'animalité qui est en lui ?

Trop souvent l'homme cherche à satisfaire uniquement la bête qui est en lui : recherche des bons repas, des boissons excitantes, une habitation confortable. Si sa seule quête est la recherche de la satisfaction de ses besoins physiques insatiables, il ramène son être au niveau de son corps, comme s'il n'avait pas d'esprit. Vous valez plus que votre corps.

Je me tais à ce moment-là et il respecte mon silence.

***

Le petit d'homme a pour moi atteint une maturité hors d'âge dans ses paroles. Aussi je le questionne :
- Qu'est-ce que le **devenir** ?
- L'homme est un devenir. L'homme ne vit que dans l'instant. L'homme ne vit qu'un instant. L'homme vit une succession d'instants. Cette succession d'instants et une durée. Le futur et le passé ne sont pas. Le présent est, mais ne dure qu'un instant. Un instant naît du futur, existe dans le présent, et disparaît dans le passé. Le présent contient cependant une mémoire des choses passées, les choses présentes, et un probable des choses futures.
- Qu'est-ce que devenir pour l'homme ?
- Le devenir de l'homme s'inscrit dans la durée. Son essence est hétérogénéité. La durée est changement, mouvement du

passé vers l'avenir, mémoire du créé et création nouvelle. La durée est évolution créatrice.
- Quel est le devenir de l'homme ?
- Le devenir de l'homme dépend de son être, du temps et de ses choix libres. Il n'y a pas de devenir sans être. Le seul être en devenir est l'homme.
- Comment cela ?
- Ceux qui ont l'être sont Dieu, les anges, les hommes. Dieu est l'éternel immuable. Les anges sont devenus immuables après leur choix unique et définitif. Les hommes sont devenir avec le temps de leur vie terrestre et la liberté permettant des choix multiples et progressifs.
- Quel est le devenir de l'homme.
- **Le devenir de l'homme c'est Dieu.**
- Qu'est l'homme par rapport à Dieu ?
- **Dieu Est, l'homme est devenir.** Dieu est accompli, l'homme est en chemin d'accomplissement.

****

Bilan étapes 1, 2, 3, 4 - Espérance

Le petit homme me laisse un temps d'assimilation, puis il ajoute :

« Cette première partie de notre route comprenait quatre étapes. Nous avons vécu à travers tes frères humains l'absence d'attente comme un néant ; puis l'attente d'un temps d'absence d'attente comme un minéral sans mouvement ; ensuite l'attente d'un avoir ou d'un pouvoir comme un végétal sans être ; enfin l'attente du changement du monde et des autres comme un animal cherchant à satisfaire ses besoins immédiats. »

« L'homme vaut bien plus que des attentes limitées. Son espérance doit être sa béatitude, son bonheur parfait. Son espérance ne peut être que la vision de Dieu, sa connaissance, sa compréhension, son amour. **Son espérance est la possession de Dieu dans l'amour**. »

« Oui, l'homme doit avoir une attente qui donne sens à sa vie. L'homme doit avoir une attente forte qui le pousse à se dépasser, à diriger son être vers un devenir plus grand que lui-même. L'homme doit avoir une espérance non pas matérielle, mais totale c'est-à-dire aussi spirituelle, correspondant à son être. Il doit s'occuper de son être plutôt que de son avoir. L'homme doit chercher à poursuivre son évolution pour atteindre la plénitude de son être. Son objectif doit être l'achèvement de son être. Avant de changer le monde, l'homme doit se changer. C'est le changement de l'homme qui change le monde. »

« L'espérance est un don de Dieu. Elle oriente la volonté de l'homme. Elle meut l'homme vers son devenir et son achèvement. »

Après un temps de silence, le petit d'homme s'exclame solennellement :
« **Le temps permet la connaissance progressive de la vérité. Il n'y a pas de liberté sans vérité. Il n'y a pas d'être sans liberté. Le temps et la liberté permettent le passage de l'être dans son devenir. Le devenir de l'homme c'est Dieu.** »

****

5 : Connaissance- Homme - Vérité

Un autre jour, nous avons marché de nombreuses heures.

Il attrape ma main et me glisse à l'oreille :
- Ferme les yeux nous allons sur la planète de la **connaissance**.

Lorsque je les ouvre, je me trouve en pleine nature. Proche de nous, un groupe de jeunes adolescents écoutent le professeur des sciences de la vie qui montre les merveilles de la flore et de la faune d'une prairie. Les enfants découvrent et posent des questions.

Le petit d'homme me dit :
- Remarques-tu la soif de connaître de l'enfant qui interroge ?
- Oui, ils ont besoin d'apprendre.
- Cette soif de connaissance est le propre de l'homme.

***

Le petit d'homme me dit :
- Où sont **les hommes** ?
- Ils ont déserté la nature pour la ville.
- N'ont-ils pas quitté les grands espaces où pullule la vie sous toutes ses formes végétale et animale pour s'enfermer dans des espaces confinés où règne la mort

sous formes de béton, de verre ou d'acier ?
- Ils se sont regroupés.
- Sont-ils ensemble ou dramatiquement seul ?
- On est toujours dramatiquement seul face à soi-même et face à son destin.
- Le crois-tu vraiment ?

Le petit homme poursuit :
- Regarde l'harmonie qui se dégage de cette forêt et de ses habitants.
- Oui mais la mort y règne aussi. Vois les animaux qui se mangent mutuellement.
- La nature était une perfection d'harmonie et de vie. La chute de l'homme a entraîné toute la création du jardin d'Eden, voulu par le Créateur, vers votre monde, voulu par l'homme indépendant du Créateur.
- Mais, en se regroupant, les hommes ont développé leur connaissance.
- A-t-elle augmentée ? N'ont-ils pas perdu la connaissance de la relation de leur personne à l'environnement ? N'ont-ils pas perdu la connaissance de la relation avec les autres ? N'ont-ils pas perdu la connaissance même d'eux-mêmes ?

Le petit d'homme me dit ensuite :
« Regarde comme l'enfant est curieux. La curiosité est créatrice en nous portant au cœur de l'inconnu.

Pour grandir, l'enfant ne doit pas tant connaître que d'apprendre à connaître. Apprendre à connaître lui permettra de connaître et connaître lui permettra de faire des choix pertinents. »

***

Je me rends compte que le petit d'homme veut m'amener au bout de moi-même et je le questionne :
- Mais qu'est-ce que l'homme ?
- L'homme est un sujet connaissant.
- Qu'est-ce que la connaissance ?
- La connaissance est l'adhésion à la vérité.
- Qu'est-ce que la **vérité** ?
- La vérité est, le mensonge n'est pas.
- Qu'est-ce qui motive l'homme à connaître ?
- Par la connaissance, l'homme s'évade de la monotonie désespérante de son quotidien. En connaissant, l'homme tente de s'affranchir de la tragédie de sa situation qui le conduit inévitablement vers la mort. Par la connaissance, l'homme cherche à survivre et à croître dans l'être.
- Que puis-je savoir ?
- Tu sais déjà le connu. Tu peux savoir le connaissable et même l'inconnaissable.
- Comment ?
- La science vous permet de connaître le monde. La merveille de l'univers est l'adéquation de l'être à la chose, du connaissant à l'objet de la connaissance.
- Et l'inconnaissable ?
- L'inconnaissable est du domaine d'une révélation.
- Cela ne dépend pas de nous ?

- Cela dépend de vous pour le désirer dans votre liberté, cela dépend de Dieu pour l'accorder. Mais comment faites-vous pour ne pas connaître le maître du monde ?

Le petit homme se rend compte que je deviens écoute et il se tait. Il attend que ses paroles soient assimilées par ma conscience.

La maturation de ses paroles dans mon esprit fait naître des questions :
- Qu'est-ce qui motive chez l'homme ce besoin de vérité ?
- Le besoin de vérité est un besoin d'être. Sans vérité il n'y a pas de liberté. Sans liberté, il n'y a pas d'être.
- Quelle est la force qui anime l'homme lorsqu'il tente d'objectiver le réel ?
- Tu fais bien de dire qu'il tente d'objectiver le réel. Pour l'homme, la connaissance passe par le fait d'appréhender l'apparence des choses et non l'être des choses. Pour connaître l'homme passe par ses cinq sens limités en nombre et en bande passante. Il utilise son cerveau limité en capacité de mémoire et en puissance de calcul.
- Mais les retraités que nous avons rencontrés vivaient au gré de leurs désirs, sans interrogation.
- Il faut un effort pour rechercher la connaissance qui nous fait accéder à des sommets insoupçonnés. Nous découvrons une partie des mystères de l'univers et de la beauté du monde. La majesté se

dévoile peu à peu et nous pouvons contempler le Créateur de toutes choses. Le sachant ne connaît pas tout mais il sait ses limites et s'ouvre des espaces de liberté.

Le petit d'homme me dit :
- Observe les enfants. Regarde comme l'enfant est curieux. Que reste-t-il donc quand toute trace de l'enfant qui interroge a disparu en nous ? Quel sens reste-t-il à notre vie quand la soif de connaître est absente ?
- Je ne sais que répondre.
- Et moi je te dis, **il te faut redevenir comme un enfant**.

****

6 : Compréhension – Renaissance - Beauté

Le petit d'homme me dit :
- Ferme les yeux, nous allons sur la planète de la **compréhension**.

Lorsque je les ouvre, je me retrouve dans un grand jardin public. Au milieu d'un parc boisé, des enclos avec des jeux réunissent les enfants de sept à dix ans et leurs parents, ou leurs grands-parents.

Nous rejoignons un banc où se trouvent déjà deux adultes.

Après quelques minutes, une mère de famille m'adresse la parole :
- Mon fils est fatiguant. Il n'a de cesse de poser ses : « pourquoi ».
- C'est l'âge où ils posent toutes les questions : de « Maman, pourquoi tu m'aimes ? » à « Maman, pourquoi la terre tourne ? »
- Pourquoi me pose t-il toutes ces questions ?
- Il vous pose ces questions car vous êtes son référentiel. Il se situe par rapport à vous et vous fait confiance.
- Pourquoi mon enfant demande pourquoi ?
- La curiosité permet à l'enfant de comprendre.
- Pourquoi cherche-t-il à comprendre ?
- Il se forge des repères.
- Pourquoi a-t-il besoin de repères ?
- Il désire grandir et gagner en autonomie.

A ce moment là, le petit d'homme qui s'est tu jusqu'à présent intervient avec une pointe d'humour :

« Vous avez épuisé les cinq pourquoi…

Devant l'étonnement de la mère face à sa maturité, il poursuit :

« C'est l'âge où leur moi vient se heurter à l'environnement. L'enfant découvre le monde et veut le comprendre et demande pourquoi. La réponse est rarement satisfaisante car elle ne saurait rassasier leur soif de comprendre, d'où la poursuite de leur questionnement. Certains adultes disent que ces questions sont bêtes. Mais les malheureux, ils ne comprennent plus les enfants.

L'enfant veut aller au-delà de la connaissance d'où son questionnement incessant. Il veut comprendre les choses et les êtres. »

Soudain, de la conjonction du soleil et de la pluie, se dessine un arc-en-ciel nous couvrant de ses joyeuses couleurs.

L'enfant l'aperçoit et se précipite vers sa mère :
- Tu as vu maman ?

Je crois que nous sommes tous muet par la capacité d'émerveillement de l'enfant.

Le petit d'homme me dit :
- Il te faut redevenir comme un enfant…

***

Je lui demande alors :
- Qu'est-ce que la compréhension ?

- **La compréhension est la perfection de la connaissance.** La compréhension est la connaissance qui va au-delà de l'aspect extérieur pour communier à la présence intérieure, à l'être des choses.
- Qu'est-ce que la compréhension ?
- La compréhension va au-delà d'une simple conceptualisation. Elle est une qualité de relation entre celui qui comprend et l'objet de la compréhension. Elle est un échange qui valide une harmonie entre le comprenant et l'objet à comprendre.
- Qu'est-ce que la compréhension ?
- La cognition est le processus par lequel les entrées sensorielles sont transformées. L'affect renvoie à l'expérience des sentiments ou des émotions. La cognition et l'affect constituent la compréhension.

Le petit d'homme poursuit :
- La compréhension peut conduire à la contemplation d'une beauté.
- Qu'est-ce que la beauté ?
- La beauté est une étreinte. La beauté est une effusion. La beauté est une révélation. La beauté est un éclat de vérité.
- Qu'est-ce que la beauté ?
- La beauté est une extase, un embrasement du cœur et l'enchantement d'une âme.
- Qu'est-ce que la beauté ?
- La beauté est vie quand les apparences s'effacent pour dévoiler la présence. La beauté est une rencontre fulgurante de

deux présences quand deux êtres sont en communion.

Le petit d'homme me dit encore :
« La beauté des créatures fait connaître par analogie Celui qui en est le Créateur. **La beauté sauvera le monde. Recherchez la vérité et la beauté. La vérité et la beauté vous rendront libres.** »

***

Le petit d'homme me dit enfin :
- Il te faut **naître d'en-haut** pour être sur le chemin de ton accomplissement.
- Mais, comment puis-je renaître, moi qui suis vieux ?
- Nul, s'il ne renaît de l'eau et de l'esprit, ne peut entrer dans son devenir. Ce qui est né de la chair est chair, et ce qui est né de l'esprit est esprit.
- Ne suis-je pas chair et esprit ?
- Le vent souffle où il veut et tu entends sa voix, mais tu ne sais d'où il vient, ni où il va : ainsi en est-il de quiconque est né de l'Esprit.
- Comment cela se peut-il se faire?
- Tu ne sais pas cela toi qui a fait beaucoup d'études.

Le petit homme poursuit :
- Il te faut redevenir comme un enfant.
- Mais comment redevenir un enfant ?

- Il te faut observer un petit enfant et l'imiter.
- Comment faire ?
- Un enfant s'émerveille facilement pour toute la création : les paysages, les animaux, les personnes.
- Oui.
- Il est simple, ne se pose pas de question inutile.
- Oui.
- Il aime facilement, gratuitement et sans calcul.
- Oui.
- Il demande tout à ses parents en leur faisant confiance.
- Je n'ai plus mes parents.
- Mais tu as ton véritable Père, ton Créateur.
- Oui.
- As-tu jamais donné ta vie à ton Père céleste ?

Sur ces mots lourds de sens, il se tait.

****

Bilan étapes 5 et 6 : Foi

Le petit homme me laisse un temps d'assimilation, puis il ajoute :

« Cette deuxième partie de notre route comprenait deux étapes : connaissance et compréhension, raison et foi.

« L'intelligence ouvre l'homme à la connaissance de l'univers visible. La cognition et l'affect amène l'homme à approcher la compréhension de ce qui est, des présences au-delà des apparences. Mais la perfection de la compréhension nécessite en plus la foi. La foi est du domaine d'une révélation par l'Esprit de Dieu.

Il te faut naître d'en-haut. Tu dois recevoir l'Esprit de Dieu. »

« L'homme doit chercher la connaissance de l'univers. Il doit s'efforcer de se comprendre, de comprendre les autres, de comprendre Dieu lui-même. »

« L'homme vaut bien plus qu'une connaissance humaine. Sa foi doit l'amener par la grâce à la connaissance du monde spirituel, en plus du monde physique. Sa foi ne peut être que l'adhésion aux vérités révélées par Dieu dans sa parole. »

« La foi est un don de Dieu. Elle révèle les vérités cachées. Elle conforte l'intelligence et la dilate pour découvrir Dieu. »

Après un temps de silence, le petit d'homme reprit :

« L'intelligence et la volonté de l'homme doivent être tournées vers l'achèvement de son être. Alors par la grâce, avec l'espérance et la foi, il ira au cœur de Dieu qui est l'Amour. »

****

7 : Relation – Transfiguration - Amour

Quelques jours plus tard, le petit d'homme me dit :
- Ferme les yeux, nous arrivons à notre dernière étape, celle de la sublimation par la **charité**.

Lorsque je rouvre les yeux je me retrouve près d'un hameau au milieu d'une campagne enchanteresse.

De vagues collines écument de forêts. Ça et là émergent quelques hameaux. De singuliers nuages habillent le ciel de blancheur. Par moment, d'au milieu des nues, le soleil bruine de rayons, qui rosées dégoulinent en pluie sur les prés verts, les hameaux et les ruines.

Le petit d'homme s'avance sans m'attendre vers le premier hameau. Quelques enfants en bas âge s'interrompent dans leurs jeux pour l'accueillir. Ils semblent s'être toujours connus.

Les trois enfants ont de 4 à 5 ans. Ils invitent mon petit d'homme à partager leurs jeux. Je me rends compte que mon petit d'homme a sensiblement le même âge.

Je reste à distance pour ne pas gêner mon petit d'homme. Au bout d'un moment je m'approche doucement pour ne pas les effrayer, faisant des pauses régulièrement.

Quand je suis suffisamment près, les enfants s'interrompent. J'ai atteint sans m'en rendre compte leur limite de sécurité. Je m'assois donc pour que nous ayons le temps de nous apprivoiser. Mon petit d'homme les rassure.

Je peux dorénavant entendre ce qu'ils se disent. Leur conversation m'éblouit dans sa simplicité, sa vérité, son innocence, sa transparence.

Soudain, l'appel de parents se fait entendre. Les enfants nous disent au revoir et s'en retournent prestement chez eux.

***

Je me retrouve seul avec mon petit d'homme qui me dit :
- Que penses-tu de ces enfants?
- Ils ont une capacité étonnante d'émerveillement en découvrant la nature.
- Oui et que penses-tu du comportement de ces enfants ?
- Ils sont très obéissants. Dès que leur mère les appelle, ils se pressent de la rejoindre.
- As-tu remarqué leur méfiance à ton approche ?
- Oui, ils savent qu'ils sont en sécurité auprès de leurs parents et dans l'espace accessible fixé par eux. Les parents fixent des limites pour qu'ils fassent progressivement et de façon éducative l'apprentissage de la liberté et de l'autonomie.
- D'où vient la confiance qu'ils ont ?
- Je crois qu'elle vient du fait qu'ils se savent aimés. Ils savent qu'ils vont

grandir à l'ombre bienfaisante de leurs parents.
- Que penses-tu des échanges entre enfants ?
- Les enfants sont simples et naturels. Ils disent ce qu'ils pensent. Ils communiquent directement avec leur cœur.
- As-tu remarqué une autre différence avec les adultes dans les conversations ?
- Les enfants vivent à plein l'instant présent. Ils ne sont pas nostalgiques du passé, ni préoccupés du futur.
- Que faut-il à l'enfant pour grandir ?
- L'enfant a besoin de sécurité et d'amour.

Je me rends compte que ses questions m'aident à conceptualiser l'écart de comportement entre l'enfant et l'adulte. Il veut aussi me faire comprendre la relation de l'homme par rapport à Dieu en comparaison de la relation de l'enfant et de sa mère.

Il me dit alors gravement :
« Grandir ne se limite pas au physique et à l'intellectuel. Pour vous, trop souvent, grandir c'est gagner en autonomie. Insensés ! Vous ne pouvez être autonomes de Dieu sans mourir, car Dieu est celui qui Est. Vous, l'être ne vous est que prêté par Dieu, à chaque instant.

Grandir, c'est aimer le Créateur et la créature – faire un avec ce qui Est. Aimer et être aimé c'est ce qui fait grandir dans l'être. »

Il poursuivit :

« Remarques-tu l'écart qui existe entre un enfant et un homme ?

Les hommes ont perdu la capacité de s'émerveiller de l'environnement, de la beauté d'un paysage, de la magnificence d'une fleur, de l'harmonie du chant d'un oiseau, de la perfection d'un enfant.

L'homme n'écoute pas son Créateur et lorsqu'il l'écoute, il ne lui obéit pas.

L'homme ne fait pas confiance à Dieu, alors que Dieu l'aime comme on n'a jamais aimé. Il préfère mener sa vie avec sa connaissance limitée plutôt que se laisser guider par Dieu qui connaît tout. Il préfère risquer les égarements et la souffrance, plutôt que le chemin du bonheur prévu pour eux par le Seigneur. L'homme, dans sa folie, veut être autonome de Dieu.

L'homme n'est pas naturel dans ses communications. Souvent, il a peur du regard des autres et cherche la reconnaissance.

Trop d'hommes vivent le regret du passé, trop d'hommes vivent dans l'espérance de jours meilleurs dans le futur. Le passé n'est plus, le futur n'est pas encore. Seul le présent est. Si tu veux exister, vis à plein ton présent. Vivre dans le passé et le futur ce n'est pas vivre.

N'oublie jamais que ton Dieu vit au présent. Le présent est le lieu de sa rencontre. »

***

Il me dit enfin :

« **L'homme doit rechercher à aimer, aimer, aimer**, c'est ce qui fait grandir. Grandir, c'est aimer le Créateur et la créature et espérer être un avec celui qui Est.

Quand tu auras beaucoup aimé tu accompliras ton être sur cette terre. »

Je me tais. Il faut du temps pour que les paroles denses du petit d'homme fassent leur chemin en moi. Il respecte mon silence.
****

Bilan des sept étapes : Charité

Un autre jour nous marchons sous les frondaisons d'une allée de charmes. Ce jour est un jour en fête. Le soleil rit dans un ciel d'azur.
Il attrape ma main et me glisse à l'oreille :
- Ferme les yeux. Nous revenons au pays, sur la planète **terre**.

Lorsque j'ouvre les yeux, je reconnais la grange où nous nous sommes rencontrés.

Nous nous asseyons sur un ballot de paille face au soleil qui s'abaisse lentement sur l'horizon.

Le petit d'homme me dit alors :
- Les sept planètes que nous avons visitées tournent autour d'un même soleil.
- Tu crois quelles sont d'un même système solaire alors que chaque planète semblait avoir un soleil différent.
- Ce n'est pas le soleil qui était différent, mais la distance de chaque planète avec le soleil.
- En allant de planète en planète, nous nous sommes donc rapprochés de leur soleil.
- Oui, c'est ce qui explique l'augmentation de température.

Le petit d'homme rayonne alors :
- la chaleur ressentie était davantage intérieure qu'extérieure.
- Mais nous nous sommes rapprochés du soleil.

- Le rapprochement n'était pas physique, mais spirituel.
- Je ne comprends plus.

Le petit d'homme s'approche de moi pour m'expliquer patiemment :
- Nous avons été de planète en planète en voyageur immobile.
- Mais l'environnement était complètement changé de planète en planète.
- Il n'y avait qu'une seule planète, la terre. Mais elle a mille facettes.
- C'est incroyable. J'avais fini par croire l'incroyable.
- Le vrai voyage est intérieur, c'est celui qui importe.
- Comment cela ?
- Ce n'est pas le voyage dans l'espace qui compte.
- Le voyage dans le temps alors ?
- Non plus, vous rêvez votre voyage dans le temps en pensant refaire votre vie. Vous ne pouvez changer le passé. Pour les humains, le temps ne s'écoule que dans un seul sens. Le passé est inscrit dans la mémoire figée de l'univers.
- Alors ?
- Alors, le vrai voyage est celui de l'être vers son devenir. Le voyage des sept planètes est une initiation pour un cheminement de l'être.
- Sommes-nous au bout de ma quête ?
- Relie ton cheminement à travers les étapes parcourues.

***

Ma mémoire me ramène à notre cheminement des différentes étapes parcourues :
- La première étape était notre rencontre avec les retraités qui n'avaient pas d'attente et donc pas d'**espérance**.
- Quel sens a une vie dépourvue d'attente ?
- La seconde étape est le partage avec un travailleur dont l'attente était la retraite.
- Quel sens a une vie où l'attente est un temps sans attente ?
- La troisième étape eut lieu lors d'un repas avec un cadre d'entreprise qui cherchait à progresser dans l'entreprise pour l'avoir et le pouvoir.
- Quel sens a une vie où l'attente est l'avoir ou le pouvoir ?
- La quatrième étape est l'échange avec un étudiant qui voulait faire la révolution.
- Quel sens a une vie où l'attente est de changer le monde et les autres ?
- Qu'est-ce que l'espérance ?
- L'Espérance est la disposition à espérer la béatitude, la félicité de l'amour de Dieu. L'espérance est dans le devenir avec et en Dieu.
- A quoi sert l'Espérance ?
- L'Espérance te meut sur le chemin de ton accomplissement.
- Quel est le chemin ?
- **Le chemin est celui qui est le Fils de l'Homme et le Fils de Dieu.** Il est l'alliance parfaite, de l'Homme et de Dieu, faite personne. Il est le Chemin de la divinisation de l'homme.

Je ne relève pas, car il ne m'est pas donné de tout comprendre, au moins pour le moment.

Après quelques instants, je poursuis :
- La cinquième étape était la rencontre avec un adolescent attaché à l'étude.
- La connaissance ne donne-t-elle pas sens à l'homme en élargissant son esprit aux dimensions de ce qui est ?
- La sixième étape concernait un enfant d'âge de raison en quête de la compréhension du monde.
- La compréhension n'est-elle pas une perfection de la connaissance avec une adhésion du cœur ? La connaissance et la compréhension ne confortent-t-elle pas la foi ?
- Qu'est-ce que la foi ?
- La foi est la disposition à croire les vérités révélées.
- A quoi sert la foi ?
- La foi conforte la connaissance et la compréhension et te met sur le chemin de la vérité.
- Qu'est-ce que la vérité ?
- **La Vérité est le Verbe.** Il dit et cela est, et la vérité est ce qui est. Il n'y a pas d'être sans liberté, et il n'y a pas de liberté sans vérité.

Je demeure silencieux sous la puissance incompréhensible de ces quelques mots. Le petit d'homme est tellement simple et naturel qu'on ne peut rien dire. Il faut juste essayer de comprendre…

Après quelques instants d'un silence habité de mes réflexions, je poursuis :

- La septième étape est la découverte d'un jeune enfant dans un bain d'amour.
- L'amour n'est-il pas charité ?
- Qu'est ce que la charité ?
- La charité est l'amour de Dieu et de son prochain pour l'amour de Dieu.
- A quoi sert la charité ?
- La charité donne vie et fait devenir.
- Qu'est ce que la vie ?
- **La Vie est Celui qui Est.** Il nous dit : « Je Suis ».

Je suis assommé sous le poids de ces quelques mots. J'ai été atteint dans mon intelligence lorsque le petit d'homme a dit : « **Il est le Chemin** », puis : « **Il est la Vérité** ». Désormais, je suis atteint au cœur et dans tout mon être par ces quelques mots : « **Il Est** », « **Il est la Vie** ».

Je contemple le petit d'homme. Je suis tellement bien dans sa présence…

Le petit d'homme laisse le silence habiter ma présence, puis il ajoute :
- Lorsque les temps seront accomplis, la foi disparaîtra, car Dieu sera une évidence pour tous, l'espérance disparaîtra, car Dieu sera tout pour tous. Seul subsistera l'Amour, car l'Amour est Dieu, et Dieu est Amour.

***

Après quelques instants, le petit d'homme reprit :

- Les sept étapes parcourues t'ont mené du retraité jusque l'enfant n'ayant pas atteint l'âge de raison. Mais, en parallèle, nous avons évoqué **l'évolution scientifique** dont il faut rechercher le sens.

En scientifique, le mot évolution éveille en moi les sept étapes :
- Nous avons évoqué le **néant**, le **minéral** inerte qui subit l'environnement, le **végétal** qui est vie, mais s'adapte au milieu où il est placé, l'**animal** qui subit l'environnement, mais peut se déplacer.
- Et pour l'homme ?
- Nous avons abordé l'homme…
- Certes, mais en trois étapes : **l'homme, l'homme né de nouveau et l'homme transfiguré.**

Devant ma mine dubitative, il poursuivit :
- L'homme naît libre, à l'image de Dieu, avec sa volonté propre. L'homme, né de nouveau, naît aux réalités célestes. Il entre dans le plan de Dieu pour accomplir sa destinée, l'accomplissement de son être. L'homme transfiguré est l'aboutissement de l'évolution, quand l'homme divinisé est libéré du péché et des contraintes des lois physiques et biologiques conséquences du péché.

***

Une multitude d'instants se succédèrent dans ma communion avec le petit d'homme. Puis il laissa tomber ces mots :

- Que reste-t-il si nous avons perdu de l'enfant la capacité de nous interroger ? Que reste-t-il si nous avons perdu de l'enfant la capacité de nous émerveiller ? Que reste-t-il si nous avons perdu de l'enfant la capacité d'aimer ?
- Que faut-il faire ?
- Je te le dis, il te faut redevenir comme un enfant.

Puis, le petit d'homme me dit encore :
- Il te faut redevenir un enfant.
- Comment pourrai-je redevenir un enfant, moi qui suis âgé ?

Il ne répondit pas à ma question, mais je lui faisais confiance pour m'amener là où il voulait et répondre au mieux à mon attente.

Il me dit alors :
- Tu as relu les étapes en scientifique, relis-les avec sagesse ou **philosophie**.
- Nous avons abordé **le temps, puis la liberté, l'être, le devenir**.
- C'est vrai pour les quatre premières étapes et pour les trois suivantes ?
- Nous avons abordé le mouvement propre de l'**homme** qui le différentie de tout vivant : **la recherche de vérité par la connaissance, la quête de la beauté par la compréhension, la tension vers l'amour par la relation**.

Il laisse s'écouler la durée d'un temps, d'un temps, d'un autre temps et de la moitié d'un temps puis, me dit encore :

« Le temps est un cadeau du Ciel. Le temps vous permet avec votre liberté de passer de l'être au devenir. Le temps vous aide à connaître progressivement, à comprendre les choses et les êtres. Il vous donne la durée pour évoluer par vos choix libres vers votre accomplissement en devenant vos actes d'amour. »

Après un temps de silence, il reprit :
« Dans chaque homme, il y a une partie du Royaume de Dieu.
La personne humaine est appelée à devenir le fruit des actes d'amour qu'elle porte à Dieu, aux autres, et à elle-même. **Le devenir de l'homme c'est Dieu qui est l'amour en acte.** »
« **L'univers est le lieu où doivent surgir des âmes saintes. Le monde est le lieu de gestation de l'homme en Dieu. La terre est une matrice d'amour à faire des dieux.** »

Il me dit enfin :
« Quand tu auras beaucoup aimé tu accompliras ton être sur cette terre. Mais la grande évolution sera encore à venir. Ce sera ta dernière transformation qui te permettra de me rejoindre.
Tu vivras la plus grande mutation, le saut décisif dans une dimension totalement nouvelle, jamais advenue dans la longue histoire de la vie et de ses développements. Un saut d'un ordre complètement nouveau, qui nous concerne et qui concerne toute l'histoire. Une nouvelle dimension de l'être, de la vie, dans laquelle la matière est transformée. Il s'agit d'une réalité différente.
Tu vivras ta dernière métamorphose qui te fera revenir dans l'état qui était celui de l'homme avant sa chute. Ce sera ta **transfiguration**, ta

libération de tout mal, de toute souffrance et de toute mort. La libération de ton assujettissement aux lois physiques et biologiques.

Avec celle de tes frères humains, cette transfiguration entraînera avec elle toute la création pour l'amener dans un monde nouveau à **l'harmonie parfaite**. »

Le silence habita nos présences. Il n'y avait rien à ajouter. Je restais contemplatif, muet d'admiration devant la profondeur de la pensée de ce petit d'homme si grand dans sa sagesse.

****

Adieu et à Dieu

Nous avons marché, marché, en échangeant beaucoup.

J'ai découvert dans mon cheminement que la sagesse habite plus sûrement un cœur d'enfant qu'un cœur adulte. Malgré cela, je suis saisi par la profondeur de la pensée du petit d'homme. J'aurai dû rester silencieux à sa première parole, mais il était tellement innocent et simple que je pouvais lui parler naturellement, sans me poser de question, comme un enfant l'aurait fait.

Ce soir-là, en partageant quelques olives, du pain et du fromage, le petit d'homme me dit :
- Il me faut partir demain.

Cela me fit l'effet d'un coup de massue. Je fus sonné assis, ne pouvant réaliser. Puis je sentis une fêlure diviser mon être. Je savais qu'avec son départ une partie de mon moi serait arrachée.

Je m'étais tellement habitué au petit d'homme, à la limpidité de ses paroles, à sa paix intérieure, à sa simplicité d'être. Je me sentais tellement uni à lui. Il faisait partie de mon être.

Je ne pouvais me résigner à son départ.
- Pourquoi pars-tu ?
- Mon Père m'attend dans son royaume.
- Où pars-tu ?
- Je suis d'en-haut, toi tu es d'en bas, tant que tu n'as pas accompli ta destinée. Tu es devenir, moi je Suis.
- Je veux te suivre.

- Là où je vais, tu ne peux venir pour l'instant.
- Tu vas me laisser seul.
- Je serai toujours avec toi, dans l'éclat d'une fleur, dans le sourire d'un enfant, dans l'amour reçu et dans l'amour donné.

Je ne pouvais me résigner à son départ. Tentant de le retenir je m'écriais : « J'ai beaucoup apprécié de vivre avec toi. A tes côtés, la vie est simple et évidente. Pourquoi ne restes-tu pas pour parler aux autres hommes ? »

Il eût un profond soupir, chargé de la détresse du monde, et me répondit : « Je suis déjà venu. ».

Devant mon interrogation, il poursuivit : « Je suis venu au début de votre ère au milieu du peuple élu. J'ai enseigné plus de trois ans dans les synagogues, dans les villes, sur les routes. Loin de me reconnaître comme le Messie annoncé par leurs prophètes, ils m'ont condamné à mort au gibet de la croix. Ils m'ont tué alors que je venais leur apporter la vie en plénitude. Mais la mort ne pouvait retenir celui qui est la Vie. Le troisième jour je suis ressuscité des morts dans un corps glorieux, libéré des lois physiques et biologiques. Plus de cinq cent disciples m'ont vu pendant les quarante jours où je me suis montré avant de retourner vers mon Père et votre Père. »

« Mais tu es revenu ? »

« Je ne suis venu que pour toi. Dorénavant, si quelqu'un me cherche vraiment, je me révèle à lui en venant le visiter personnellement. »

J'étais abasourdi par ce que je venais d'entendre. Ce petit d'homme était-il Dieu ? Était-il le créateur qui aime l'homme au point de ne jamais se lasser d'essayer de le rencontrer ?

J'eus beaucoup de mal à comprendre toute la profondeur de ce qu'il m'avait dit. J'étais très triste et songeur à l'idée de son départ.

Ce soir là, j'eus beaucoup de mal à m'endormir.

Le lendemain, je m'éveillai dans la clarté du soleil, naissant de l'horizon.

Le petit d'homme était déjà levé. Je l'aperçus au loin, marchant vers le soleil. Sa silhouette se dessinait au milieu du disque lumineux. Tandis qu'il s'éloignait, l'astre du jour monta sur l'horizon. La présence de mon petit bonhomme s'estompa dans les premiers rayons de l'aube. Il devenait lumière dans la lumière. Il disparut ainsi de ma vue.

La blessure, que j'avais ressentie la veille, à l'annonce de son départ, devint une plaie ouverte, et mon cœur se déchira et saigna.

Depuis, je traîne ma vie, orphelin de son amour. Je traîne ma vie, nostalgique de sa présence…

Mais, la sérénité d'un paysage, le sourire d'une fleur, la beauté d'une biche et, surtout, le regard d'amour d'une mère sur son enfant me le rappelle.

Parfois, je vois son clin d'œil dans le scintillement d'une étoile.

Il arrive que le sourire d'un enfant, ou la réponse d'un sourire à mon sourire, me rappellent qu'il est bien là, caché au sein de la nature même et des êtres qu'il aimait tant.

Moi, je sais, et c'est cette espérance qui me fait vivre encore, qu'il reviendra dans la naissance d'un jour nouveau.

Moi, je sais, et c'est ce qui me fait tenir debout, qu'il reviendra, lumière, renaissant de la lumière d'un soleil radieux.

Frères humains, si vous saviez comme il pleure dans mon cœur depuis qu'il est parti.

Frères humains, si vous saviez comme il pleure dans mon cœur parce que je ne sais pas aimer.

Frères humains, si vous saviez sa magnificence, vous pleureriez avec moi.

Mes frères, si vous voyez un petit d'homme communiquant la paix, la joie et l'amour, vous saurez qu'il est revenu.

Mes frères, si vous vous sentez bien, comme jamais, en présence d'un petit d'homme, vous saurez qu'il est de retour.

Alors, je vous en prie, prévenez-moi immédiatement. Il me manque terriblement. Je ne peux plus vivre sans lui, car je me meurs de son absence…

****